Oinkink

IDRIES SHAH

Illustrated by Laetitia Bermejo

Ilustrado por Laetitia Bermejo

HOOPOE®

Hoopoe Books – San Jose CA

This English-Spanish Bilingual Paperback Edition, 2022
First English Paperback Edition, 2022

The original version of *Oinkink* was published as *The Magic Potion of Oinkink* in "The Commanding Self", 1994
La versión original de *Oinkink* se publicó en 1994 con el nombre de *La poción mágica de Oinkink* en *El yo dominante*, de Idries Shah

ISBN: 978-1-953292-51-3

hoopoebooks.com

Kashfi's Children
kashfischildren.org

Published by Hoopoe Books,
a division of The Institute for the Study of Human Knowledge,
in collaboration with Kashfi's Children

This English-Spanish bilingual edition was produced thanks to a grant from the Will J. Reid Foundation

Visit hoopoebooks.com for a complete list of Hoopoe titles and free downloadable resources for parents and teachers.
Visite hoopoebooks.com para obtener una lista completa de los títulos de Hoopoe y el material descargable de forma gratuita para padres y maestros.

Library of Congress Cataloging-in-Publication Data of the first English Edition has been applied for

Printed in Canada

Oinkink

Once there was a man who wanted nothing more than to transform himself into a different animal.

Había una vez un hombre cuyo mayor deseo era transformarse en un animal diferente.

Day after day…
Día tras día,

...year after year

... año tras año

and decade after decade passed.
y década tras década fueron pasando.

And during this time,
he never stopped wondering
how he might achieve his aim.
Y durante todo este tiempo, nunca dejó de
preguntarse cómo podría lograr su objetivo.

He wanted to see what other creatures could see.
Quería ver lo que podían ver otras criaturas.

He wanted to know what other creatures knew.

Quería saber lo que sabían otras criaturas.

He wanted to understand
what other creatures understood.
Quería comprender lo que comprendían
otras criaturas.

Sometimes tricksters sold him charms and talismans, claiming that they would help him make such a transformation.

A veces, algunos charlatanes le vendían amuletos y talismanes con la promesa de que lo ayudarían en esa transformación.

Sometimes, they took his money and made him perform all sorts of peculiar rituals.

A veces le sacaban el dinero y lo obligaban a realizar toda clase de peculiares rituales.

Sometimes, people laughed at him, calling him a madman or a fool.
A veces la gente se reía de él, y lo llamaban loco, o tonto.

But mostly, people sent him on his way,
saying his mission was impossible.
Pero, en su mayor parte, la gente se libraba
de él diciendo que su misión era imposible.

But he refused to give up his dreams.

He read every book he could find
in case it held the secret.

Pero él se negaba a renunciar a sus sueños.

Leyó todos los libros que encontraba en caso
de que encerraran el secreto.

He searched for teachers far and wide.

Buscó maestros por todas partes.

He even resorted to magic.

Incluso recurrió a la magia.

Nothing worked.

Nada dio resultado.

He remained a normal man.
Seguía siendo un hombre normal.

Then one day, deep in thought, he was walking along a narrow street when he came across a bottle lying on the ground.

Un día, estaba caminando por una calle estrecha, absorto en sus pensamientos, cuando se topó con una botella tirada en el suelo.

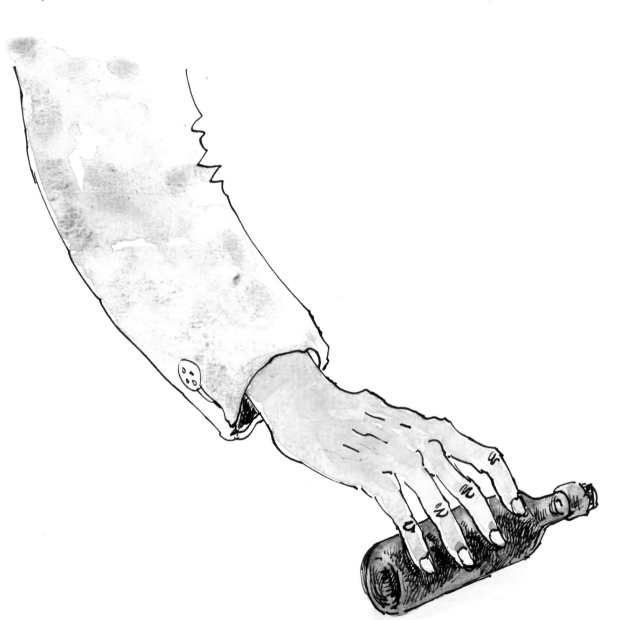

Something made him pick it up
and put it in his pocket.
Algo le hizo recogerla y
guardársela en el bolsillo.

When he got home he saw that there was
a label on the bottle, which said,
Cuando llegó a su casa vio una etiqueta
en la botella que decía:

"Open this bottle, place three drops on
your tongue and make your wish.
Abre esta botella, ponte tres gotas
en la lengua y pide un deseo.

Your dreams
Tus sueños
will come true."
se harán realidad.

Here was his chance at last!
¡Aquí estaba su oportunidad al fin!

With trembling fingers, the man opened the bottle,
Con dedos temblorosos, el hombre abrió la botella,

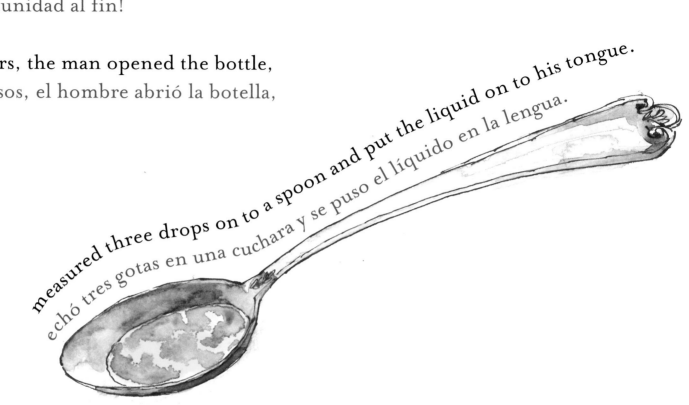

measured three drops on to a spoon and put the liquid on to his tongue.
echó tres gotas en una cuchara y se puso el líquido en la lengua.

Now, it so happened that the bottle was indeed full of magic potion,
and what is more, the potion could speak.
The potion's voice boomed out,
En efecto, la botella estaba llena de una poción mágica, y además, podía hablar.
La voz de la poción retumbó:
"What is your wish?"
— ¿Cuál es tu deseo?'

And without another thought he answered,

Y sin pensarlo más, respondió:

"I wish to become another kind of creature."

— Deseo convertirme en otro tipo de criatura.

Looking up into the sky he saw some geese flying south on their winter migration.

Mirando hacia el cielo, vio algunos gansos volando hacia el sur en su migración invernal.

And he added, "I want to become a giant grey goose."

Y agregó: — Quiero convertirme en un ganso gris gigante.

The voice immediately answered,

La voz respondió de inmediato:

"Repeat the word OINK and you will become the finest goose that ever lived.

—Repite la palabra "OINK" y te convertirás en el mejor ganso que jamás haya existido.

When you want to change back again, or become something else, say the word INK."

Cuando quieras volver a ser como ahora, o convertirte en otra cosa, pronuncia la palabra "INK"

No sooner had the man said the word OINK than he found
that he had indeed been transformed into a very large and very
beautiful grey goose.
Tan pronto como el hombre dijo la palabra OINK,
comprobó que, de hecho, se había transformado en un ganso
gris muy grande y muy hermoso.

What was more, he felt wonderful.
Es más, se sentía fantásticamente bien.
He knew everything that a goose would know.
Sabía todo lo que sabe un ganso.
And yet wonder of wonders, he could also still think like a man.
Y, sin embargo, maravilla de maravillas, también podía pensar
como un hombre.

"This is quite amazing," he thought.

— Esto es asombroso — pensó.

"Now I have tried being a goose,
I can change back to human form and become
something completely different.

— Ahora que he probado a ser un ganso, puedo volver
a tener forma humana y convertirme en algo
completamente diferente.

What shall I become next?

— ¿En qué debería transformarme?

Perhaps I'll change into a wise man."

Tal vez debería ser un hombre sabio.

With a shiver of excitement, he remembered he needed to say INK to change himself back to human form.

Con un estremecimiento de emoción, recordó que tenía que decir INK para volver a su forma humana.

But try as he might, every INK he attempted to utter came out as . . .

Pero, por más que tratara, cada vez que intentaba pronunciar INK le salía …

"OINK!"
"OINK!"

Because OINK is the sound that grey geese make.
Porque OINK es el sonido que hacen los
gansos grises.
And there is no goose, grey or otherwise,
that can make the sound INK.
Y no hay ganso,
ya sea gris, migratorio
o de otro tipo, que
pueda pronunciar
el sonido INK.

And so the man who became a grey goose had
to remain a grey goose . . .
Y así fue cómo el hombre que se convirtió en un
ganso gris tuvo que seguir siendo un ganso gris …

trying to say INK but never managing to say more than OINK.

…tratando de decir INK pero nunca logrando decir más que OINK.

And needless to say, he never had the chance to become a wise man.

Y de más está decir que nunca tuvo la oportunidad de convertirse en un hombre sabio.

The End
FIN

TEACHING STORIES FOR CHILDREN BY IDRIES SHAH
HISTORIAS DE ENSEÑANZA PARA NIÑOS, DE IDRIES SHAH

For the complete works of Idries Shah visit idriesshahfoundation.org
Para las obras completas de Idries Shah, visita: idriesshahfoundation.org

Our experiences show that while reading Idries Shah stories can help children with reading and writing, the stories can also help them transcend fixed patterns of emotion and behaviour which may be getting in the way of learning and emotional well-being.

Ezra Hewing, Head of Education at the mental-health charity Suffolk Mind in Suffolk, UK; and Kashfi Khan, teacher at Hounslow Town Primary School in London

Nuestra experiencia muestra que, si bien los cuentos de Idries Shah ayudan a mejorar en los niños la lectura y la escritura, también les puede ayudar a trascender patrones fijos de emoción y comportamiento que puedan estar obstaculizando el aprendizaje y el bienestar emocional.

Ezra Hewing, director de educación de la organización benéfica de salud mental Suffolk Mind de Suffolk, Reino Unido; y Kashfi Khan, profesor de la escuela primaria Hounslow Town de Londres.